名流詩叢30

阿爾巴尼亞詩選

Anthology of Albanian Poetry

我們應該已經出生
在無名的世界角落
像草沒有深根
在季節裡變得翠綠
隨時準備
——不受到任何創傷——
被連根拔起。

〔阿爾巴尼亞〕塞普・艾默拉甫（Shaip Emërllahu）◎編著
李魁賢（Lee Kuei-shien）◎譯

當代阿爾巴尼亞詩

衣梅爾·齊拉庫（Ymer Çiraku）

阿爾巴尼亞當代詩是阿爾巴尼亞五百年詩史信而有徵的片段，從麥特（Mat）地區白石（Guri i Bardhë）的第一位作家彼德·布迪（Pjetër Budi）算起，經普里茲倫（Prizre）附近的哈斯（Has）地區彼德·博格達尼（Pjetër Bogdani），接著是奈姆·弗拉舍里（Naim Frashëri）、拉斯古什·波拉代奇（Lasgush Poradeci）、阿里·波多林亞（Ali Podrimja）等人，直到今日。所以這是不斷延續的文學之流，已經歷過如今公認傳統的形成，同時也影響到不斷再創造的新模式。這種傾向以此方式見證詩一貫的再創造，也是任何嚴肅文學的至高使命。

談論當代詩並加以論斷，實非易事。困難在於需費龐大作業，並有各種新的詩風和趨勢，從觀念上以及所顯示正式結構觀點看，很少達到迄今未明，甚至過度論述的實驗水準。但涵蓋所有世代的最大困難，在於詩文本賦予的特殊性，以結構而言，文字打破模糊含義的微妙，超越一般用法。正如阿爾巴尼亞詩藝賢德大師、古典詩人拉斯古什·波拉代奇所表達：

「……詩創作是整體難以言宣的形而上學……詩具有驚奇、和諧及無窮美麗……」，甚至不由得詩人自己解釋。

從分類觀點，以「當代詩」為特徵之創造力，在編年意義上，正是從90年代起，提供讀者的詩創造力，以迄於今。就社會政治脈絡而言，在此大約三十年間，阿爾巴尼亞世界有頗多發展和累積社會政治挑戰，當然不止是詩的時代，而且詩本身也受到這些情況的強烈影響，藉此適應其特別機制。這些關係已經引起且見證相對應問題集合，還有寫作及其接受和詮釋的模式痕跡。

特別是，顧及這個時期是顛覆阿爾巴尼亞人際政治文化隔閡的好時機，在當代溝通整合過程中，阿爾巴尼亞詩的崛起具體可見，作者之間有新的自由接觸，以更為美感方式面臨「詩飛馬」的歡喜競賽。這個競賽節奏，儘管沒有噪音和喝彩，卻和每個「詩騎士」儘量要與其創作明星，在探索和追求方向有所不同的意圖相關，亦即邁步走上《新的詩路程》，正如著名詩人阿戈里（D. Agolli）此書名，對此結構體的委婉論述。

今天，阿爾巴尼亞詩來自以阿爾巴尼亞語寫作的所有地區，從完全或部分說阿爾巴尼亞語的國家（阿爾巴尼亞、科索沃、馬其頓、蒙特內哥羅或稱黑山、塞爾維亞），到散居地（遍布歐洲及其他各國），以迄義大利的著名阿爾貝勒斯（Arbereshs）歷史性社區。如今，這些不尋常邊界已不復存在，不再阻礙「阿爾巴尼亞詩匯集」的相互交流。唯一現存邊界，比喻來說，與其「品質的代表性水準」有關。品質現在是其唯一全能屬性，隨後也用來界定和決定其交流水準。然而，事實上這種詩源於不同文化脈絡和傳統，湧現和投射各種概念和文體觀點為特徵的輪廓，也就是這種詩何以能從封閉文學體系所造成萎縮單調的危機中，拯救出來之緣故。

當代阿爾巴尼亞詩正好是目前在歐洲和全球詩流通的文學運動圈之一部分，跟隨他人也被他人跟隨。這是名望和價值的象徵，現在可與其他語言的創造力相比，作者沒有在自卑感的重壓下，感受到被輕視。因此，目前可明白看出阿爾巴尼亞詩，不可動搖地尋求新形式傾向，即遺傳精英意識，不在追求而是創造讀者。正如所說，可知在語言學上的激發精神，釋出詩意「寡言」字義的原子能量。因此，也呈現作者（於此指詩人）受忽視地位不由得被邊緣化，不太像以前提出理念的傳教士，而是嘗試用自己文本，卻幾乎不涉及問題的直接社會或歷史情結。凡此皆反映出為促進詩藝自足／自主的意圖。可以看出相當可觀存在所謂簡約美學，即出版短小、簡略和零碎的文本，趨向於互文性拼貼模式。如果我們把著名阿爾巴尼亞史詩《英雄週期》的有名詩句「陽光強烈而溫暖少……」反轉，我們可以旁敲側擊為：「……詩歌光少，大為溫暖……」。意即，這種詩萌發並傳播其能量的模式，並非在外表宣告理念的潛在層面，而是在內部釋放藝術語言之能力和潛力的能量水準。

當代阿爾巴尼亞詩接受各種時代和個人的創造性貢獻，包括最受肯定和最年輕的詩人。20世紀90年代以後，法托斯·阿拉丕（Fatos Arapi）出版一本又一本的書，發表許多文學評論，指出「這種詩性創造力隱喻的原始且動人軌跡」，也把透過詩人感傷的旅行記號歸類為「重大感傷的象徵論」。這項詩的軸線保留冥想和不可思議的沉思，他甚至被認定為隨著國家劇本演出抗議的詩人，與燈光的悲傷傾出越過無盡海平面般的細節交揉在一起。海就如此存在於他的詩裡，以至於著名詩人阿里·波德里亞（Ali Podrimja）將這種存在特定為多維的、精打細算的象徵主義，成為「元神話」神祕出現。

對於阿戈里亦然，90年代以後，藉當前「美學昇華」，被烏托邦和謊言政治神話失望的疊加作用，展現富強創造力，如同「雙頭阿戈里交響樂」的第二樂章。先是完全屈服於藝術秩序，接著詩人開始被人類處境的存在動機緊密宰制，以全影燈投射，同時滲透到他的神祕地帶，作為無限複雜的存在。

在當代詩歌中，我們已見證過一種外型象徵論，以哲學性、反映「城市日常生活」、詳細繁複且具有啟發性的語言、藉宇宙觀點的全稱意象之冥想詩模式，接續上場。這些模式中有無數創作已經流傳，其中許多確實具備進入選集資格，甚至超過阿爾巴尼亞語言的文學區域。我們擁有主觀品味的權利，但也感嘆不可能接觸到如今正在全球交流和受到注意的所有阿爾巴尼亞人之創造力，所以在此提示對高度藝術成果具有貢獻的一份詩人名單。除了早期已能夠自我肯定的詩人，例如A. Shkreli, A. Podrimja, Rr. Dedaj, Xh. Spahiu, S. Hamiti, M. Zeqo, S. Bejko, B. Londo, B. Musliu, A. Vinca, R. Musliu, K. Petriti, B. Çapriqi, M. Krasniqi, A. Konushevci等之外，還有許多如今正在建立個人聲望的其他詩人，例如V. Zhiti, A. Tufa, Sh. Emërllahu, M. Bellizzi, N. Ukaj, A. Gojçaj, A. Apolloni, M. Bupapaj, S. Salihu, J. Kelmendi等。

在阿爾巴尼亞詩裡，我們如今也有甚具天賦的女詩人集會廳，她們不但不若以前那麼罕見，而且在概念和風格方面都有傑出成就。其中，我們想到的詩人有L. Lleshanaku, I. Zajmi, R. Petro, L. Dushi, O. Velaj, S. Blumbach, M. Braho, D. Dabishevci, B. Cose，以迄Kate Xukaro，後者維持上述阿爾貝勒斯詩的已知傳統於不墜。她們當然雅不欲將自己局限於女性主義問題領域，而已成功克服這個圈子，給讀者帶來不受非文學習俗約束的詩。

「讓詩人在歌中燃燒……」，Din Mehmeti的這種詩風以集中方式賦予詩，和當代詩人的任務。在「文學和詩的自由共和國」自治權內，正顯示他使命感的自足。

李魁賢譯

目次

奈姆・弗拉謝里
Naim Frashëri

奈姆・弗拉謝里（Naim Frashëri）生於1846年5月26日，於1900年10月20日過世，享年54歲，為著名阿爾巴尼亞詩人和作家，是19世紀阿爾巴尼亞國家覺醒的最重要人物之一，被稱為阿爾巴尼亞國家詩人。奈姆生長在奧圖曼帝國的德爾維納（Delvina）行政區（今阿爾巴尼亞南方），1882年前往伊斯坦堡，就職於奧圖曼帝國文化部。奈姆參與阿爾巴尼亞國家復興運動，此時期寫作都以姓名首字署名，以免危及公務員職位，著作都以走私方式送入阿爾巴尼亞國內發表、傳布。奈姆寫作生涯以用波斯文寫詩始，一生出版過22部重要作品：計土耳其文四、波斯文一、希臘文二、阿爾巴尼亞十五。早期愛國詩篇和著名抒情詩大受波斯文學影響，後來則有法蘭西詩的浸染痕跡。他也翻譯拉芳登寓言、荷馬史詩《伊利亞德》等。奈姆詩集《畜牧與農耕》（Bagëti e Bujqësi, 1886）描寫牧民與農夫的生活起居，反映阿爾巴尼亞風光之美，表達對故鄉的思念。史詩《斯坎德培史記》（Histori e Skënderbeut）以虛擬情節，重塑阿爾巴尼亞國家

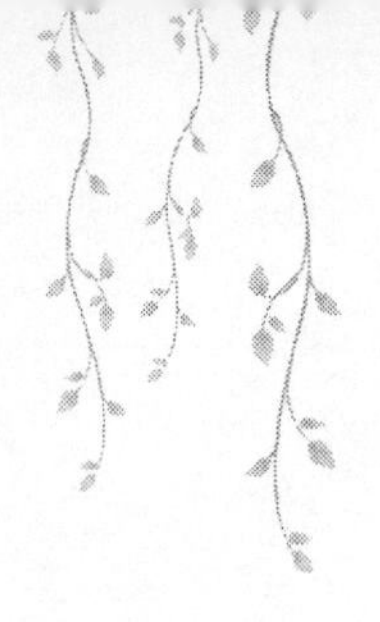

英雄斯坎德培（George Kastrioti Skanderbeg）一生行誼。奈姆逝於伊斯坦堡卡德柯伊市（Kadıköy）的Kızıltoprak，目前屬於土耳其領土。

蠟燭的話
Words of the Candle

立在你們當中
我正受炙烤
發出一點點光
把夜變成白晝

我會消耗枯竭
燃燒、熬燙
以啟明你們視域
彼此認識清楚

我為你們耗竭
迄一息無存
燃燒中垂淚
因為心願太沉重

我不在乎烈火
請別想熄滅我熱情

寧願燒掉願望
盡力照亮你們

你們看到我耗竭時
不要以為我死去
我活生生，我仍活
在真正光明中

我在你們心靈裡
不要拒我於外
我耐心接受祝福
所以我勇敢燃燒

很想好好做許多事
讓你們不住陰暗處
來，坐在我周圍
說、笑、吃、喝

我心靈中有愛
因此為人性燃燒
容許我被炙烤
我不願冷卻下來

我要燃頭燒身
和真主一樣真實
用火焚我肺腑
為人類熔化

隨身帶著幸福
前往神家
我喜愛人性
善良和智慧

若你們與我交友
愛我不輸於我愛

你們應該相親相愛
永無不公不義

鼓動的心呀
自己趨近這火焰
可能會燒焦翅膀
卻使心靈神聖

我耗竭自身
已然照亮人民
我是人類之友
彼此知交

我見過你們親戚
父母和族親
都活在我心上
存在本土的那些人

今天從你們看到他們
因為我知道他們心靈
就像你們，我已改變
混成一體和變化

有多少次我已成為
火和水和土和風
我是空中火花
和一線陽光

我在天庭飛翔
我在海裡歇息
經常在泥地睡覺
有時感到甜蜜蜜

我變成羔羊和嬰兒
花草和新葉呀

我想對你們說很多話
但恐怕話多失態

這些燙舌的話
可以寫在紙上嗎

阿爾巴尼亞的山脈呀
Oh mountains of Albania
——摘自《牧歌和農事詩集》*

阿爾巴尼亞的山脈呀，還有妳，高大的橡樹呀，
廣闊平原遍地是花，我日日夜夜思念妳呀，
妳高原如此美妙，妳小溪河流粼粼閃光，
巔峰和海角呀，還有妳山坡、絕壁、蓊鬱森林，
妳所擁有和飼養的成群牛羊呀，我放聲歌唱。
妳幸福神聖的地方呀，令我感動又快樂！

妳，阿爾巴尼亞呀，給我榮耀，賜名
阿爾巴尼亞人，我心因妳充滿熱情與希望。
　　阿爾巴尼亞呀！母親呀！我在流亡中渴念，
我心永遠不會忘記妳賜給我的全部愛。

當小羊離群徬徨無依時，聽見母羊咩咩，
會回應一兩聲，按照方向奔跑，
其他還有二、三十隻，阻其路嚇唬牠，
儘管恐懼還是回頭，像箭穿群而過，
因而我流亡中悲傷的心，在此異鄉等候，
急於回到故國，趕忙出發，迫不及待。

那裡夏季有冷泉水泡和冷風吹拂，
那裡樹葉長得茂盛，那裡花卉如此清香，
那裡有牧人吹著蘆笛看顧放牧牛群，
山羊，響著鈴鐺，在休憩，正是我嚮往的國土。

* 《牧歌和農事詩集》（Bagëti e bujqësija）是一首450行的田園詩，充滿對多山故鄉的想像。奈姆．弗拉謝里藉詩表達流亡中對阿爾巴尼亞的鄉愁，用農村生活的苦樂題材，以詩性細膩掩蓋其愛國情懷。

卡爾巴拉*
Qerbelaja

我們信真主
祂是宇宙本身，
無祂即無場所，
祂是始是終。
我們無論望哪裡，
就看到祂的臉，
祂是此生萬物，
祂是真主！
盛開的花朵
展露其美，
祂是玫瑰！
祂本身是夜鶯，
當真主本尊
要向世界顯示，
祂就創造人。

*〈卡爾巴拉〉（Qerbelaja, Kerbela）是一首宗教史詩，分25章，處理伊拉克在西元680年的卡爾巴拉戰爭，在這場戰爭中，先知穆罕默德之外孫侯賽因（譯按：第四任哈里發阿里次子，什葉派聖徒伊瑪目）戰死。〈卡爾巴拉〉這首敘述史詩，無英雄或主角，以愛國宗旨組成，由國家自由運動推向宗教要素。

斯坎德培史記*
History of Scanderbeg
第5章

克魯亞，幸運的堡壘呀
等待，等待斯坎德培！
像一隻雜色鴿子
回來解放我們祖國。

從萬惡土耳其架軛
解開阿爾巴尼亞人枷鎖
阿爾巴尼亞冠冕呀
恢復你的榮耀。

阿爾巴尼亞勇士追隨他
疑惑的眼神無所畏懼！
在他心中熱火焚燒
他精明、英勇又雄壯。

夏季呀，歡迎蒞臨
為我們帶來繁榮

脫下喪氣的服裝
迎接幸福日子到來！

由於強壯的武器，
田園白了，山亮了！
在戰馬激烈嘶鳴中
阿爾巴尼亞國王出征！

*《斯坎德培史記》是奈姆．弗拉謝里的傑作，被視為他的詩遺產，詩人透過此詩熱情表達解放阿爾巴尼亞和進步方略的理想。《斯坎德培史記》包括22章，以相關時間軸線串連歷史事件。詩的核心是斯坎德培（譯按：指喬治．卡斯特里奧蒂．斯坎德，阿爾巴尼亞語：Gjergj Kastrioti Skënderbeu）的造型。奈姆用浪漫主義筆調描繪，以歐洲人道主義者原則和阿爾巴尼亞復興理想，加以發揚光大。

哲夫·施啓洛·迪·馬西霍
Zef Skiro Di Maxho

哲夫·施啟洛·迪·馬西霍（Zef Skiro Di Maxho另名Giuseppe Schirò Di Maggio），1944年出生於至今猶存的霍拉阿爾巴尼亞少數語族區Hora e Arbëreshëvet，即義大利西西里島巴勒莫的Piana degli Albanesi。畢業於巴勒莫大學，專攻古典文學。集詩人、劇作家、散文家、記者、翻譯家、阿爾巴尼亞語文法作者於一身。出版過20冊詩集，分別在義大利、科索沃（1981年《麵包語言》），和阿爾巴尼亞（1985年《越過山脈，在山後》、2007年《群島》、2017年《在心湖中》）。寫過16部喜劇，幾乎全部在義大利舊阿爾巴尼亞語區演出，出版過兩部劇作《嫁妝》（1985年）和《多次造訪》（1992年）。精裝本有《我的阿爾巴尼亞語區劇院——三劇本》（地拉那Ombra GVG出版社，2008年）。另一版本為四弦詩，包括義大利語散文譯本《阿爾巴尼亞語區詩篇》（Poems Arbereshe, Poemi Arberischi，地拉那Ombra GVG出版社，2018年）。為泰托沃（馬其頓）「奈姆日」文學表彰的榮譽委員、西西里米蒂克學院院士，

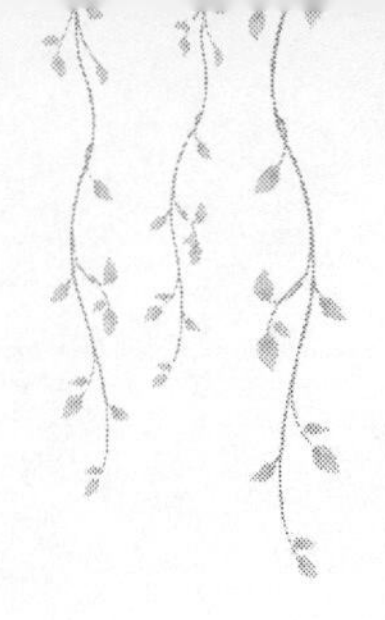

2010年獲得西西里島貝薩（Besa）阿爾巴尼亞語自治區協會獎。現今生活作息仍在Hora e Arbëreshëvet。

我們應該已經出生
We Should Have Been Born

我們應該已經出生
在無名的世界角落
像草沒有深根
在季節裡變得翠綠
隨時準備
——不受到任何創傷——
被連根拔起。
我們反而出生在這裡，已經
根深柢固像白楊木
有銀色樹葉
很難
幾乎不可能
毫不費力
就能從地面根除。
我們知道
那樣也會根除掉
心材上的明顯標誌
你可以看到

我們來自哪個土
你可以看到
哪塊地賦予我們營養。

馬群！
Horses！

馬群！我沒有任何馬群
披甲的強大馬群
那種彩色馬群
噴出卡斯特里奧塔*
盾形紋章的衝力！
我沒有戰馬！
今天
我得到一匹木馬
不是驅策，就是放鬆韁索
我騎上戰場
不動分毫：只能搖晃！
激戰時
離我遠遠
因為連木馬
都嫌我！

* 卡斯特里約塔（Kastriota），阿爾巴尼亞史上英雄喬治．卡斯特里奧塔．斯坎德培（George Kastriota Skanderbey, 1405～1468）。

老主公喬治*
The Old Master Rush

我們炯炯眼光
揭開時間，
以虹膜標度
測量日出日落，
我們獲得距離
光耀翅膀
雜綴顏色
和優美音樂
我們欣賞花開
採收水果。
明天
對我們別有意義
我們會帶來回憶彩飾
迎接過往
消失的時間。

我本當採取行動
針對我的女人

我的詩
但我沒有行動：
我們是粗漢
我們不愛文字。

* 指喬治．卡斯特里奧塔．斯坎德培

如今我知道風在吹
By Now I Know Winds Blowing

如今我知道風在吹
我知道樹枝在哪裡喃喃自語。
有一位怪風藝術家詩人
攜帶莢狀雲塔梯
以暴風自豪。
一陣風席捲雲層
解放思想
如今我知道風在吹
西風折中調解
或是微風來往自如
接續從湖到陸地
從地面到湖。
我不想思考我是什麼風。

接續的宇宙
Contiguous Universes

開放或球狀星團
遼敻天空
靜態星雲溫熱星系際介質奇觀
數十億光年的桀傲不馴
銀河局部成群
把接續宇宙系統
聯想到其他連續宇宙
簡直使人發瘋。
實際上心智是望遠鏡片
有接續性，得知
有關其存在。或其外觀。
我撤退到
有「貴婦平原」*盛名的
我鄉村微不足道的殼內
求得自我安慰。
而我偏愛故土的
實體健康邊界

在那裡的感情是真實的
迄今依然是。

* 阿爾巴尼亞語為Fusha e Zonjavet。

馬里奧·貝利濟
Mario Bellizzi

馬里奧·貝利濟（Mario Bellizzi），義大利南部說阿爾巴尼亞語的阿爾博少數民族詩人，出生於科桑扎省（Cosenza）的聖巴西萊（San Basile）。詩發表在義大利以及科索沃和阿爾巴尼亞的各種期刊。出版詩集有《如今我們是誰？》（沛嘉市，1977年），《到Bukura Morea的最後出口》（卡斯楚維拉里市Castrovillari，2003年），尚有未出版的書《鏡子與影子》。

紅移*
Redshift

我祖先之地教我飛行藝術，
橫跨海洋和山麓的
視線弧度，
我的流亡的祖先之地
教我談論榮譽和神話的價值，
一個是心靈之錨，另一個是身體之軛。
幾個世紀以後，你變了，
你只是沒有孩子的土地，都離開了，
老人之地，超越歷史和時間的父執輩，
國家飛行如今歌唱我的臉
帶有奧努夫里**的火紅聖像，
再也沒有地獄可逃，
再也沒有天堂可進。

* 紅移（Redshift），是指電磁輻射由於某種原因導致波長增加、頻率降低的現象，在可見光波段，表現為光譜的譜線朝紅端移動一段距離，即波長變長、頻率降低。

** 奧努夫里（Onufri），在阿爾巴尼亞的培拉特（berat），有國家奧努夫里聖像博物館。

三朵玫瑰
The Three Roses

我買了三朵紅玫瑰
插在常用的水晶花瓶裡。
第一朵玫瑰是為了宣禮員
他在黎明時對我們細語
從宇宙的頂端為我們還沒清醒的心靈禱告。
第二朵玫瑰是為了我的眼睛渴望聖像火焰的悲傷。
第三朵玫瑰是給你的禮物，
蜂蜜本身加莎草紙
揉搓群島麵包酵母
成花瓣的形狀。

鄉村噴泉
The Village Fountain

鄉村噴泉呀
用你銀亮眼睛
正瞪著我
以為我是外國人……
我苦澀的嘴
想喝
燕子牌牛奶
但你到了秋天……
不再認識我啦
鄉村噴泉呀。

以上二首譯自《到Bukura Morea的最後出口》
Maria Pariniu英譯本

句點
Dot

無所謂啦，不論句點在頭或尾，
開啟或結束故事的文句，
或者往往是時間……生命。
就像坦克車想要阻擋我們
讓我們找到覆雪的戰場
沉默使孩子恐懼
久久停頓。
………但是確實，
我們在字裡行間受到鼓舞雀躍
繼續前進。
請勿忘並沒有衝突，
同時也是創造
立即開啟新世界的對抗。
淑女紳士們，我們在這裡所談論
實際上絕不是純粹語法規矩，
而是生死攸關。

引號
Quotation Marks

面對引號「　」，就像在舞台上，
往往，他們說到文化人或是農民，
這不是階級問題
也不重要
不論這個人活著或死去千年
他的話（常常用引號界定）
有時放在片語或詩歌閨房內
「像兩道捲髮覆蓋陌生人的眼睛
等待某些攪擾運動，
這是好玩的想像
此地此刻，
書中「聲音」
報復文法原則
那些逃亡和鏈住的話
我看到徘徊在沒有土地的地方
沒有風也沒有天空
擔保「文脈」
和外界無限黑暗

在黑夜遲滯河流的對岸
建立類似希臘殖民主義城邦
在那裡可以看到壁龕和噴泉流水
麥穗在默默中成熟
……………………

此外，在漫長等待中
「因為諸事太曖昧了，
不可能堅決想到
其中任一為是或非
或二者全是或全非」。

（柏拉圖《共和國》第479 bc節）

巴斯理・查普立基
Basri Çapriqi

巴斯理・查普立基（Basri Çapriqi），1960年出生於蒙特內哥羅的烏爾齊尼市（Ulqin）。在普里什蒂納大學念阿爾巴尼亞文學，1988年獲得語言學碩士學位，2004年獲博士學位。在普里什蒂納大學普通和比較文學系教授文體論和記號學。詩獲選入阿爾巴尼亞文學若干選集，也被譯成英文、法文、德文、羅馬尼亞文、波蘭文、塞爾維亞／克羅地亞文和馬其頓文。現任科索沃筆會會長、普里什蒂納大學理事會主席。寫詩、文學批評、散文，出版七本詩集和五本文學批評集。詩集以《他模仿我》、《奇異水果》、《窗上草》、《馴蛇》為著。文學批評集有《文本的微觀結構》、《語境的維度》、《符號及其對手》、《卡達萊範例》。榮獲吉亞科瓦市（Gjakova）詩會獎（1996年和2007年）、烏爾齊尼市藝術俱樂部獎（1994年）、阿爾巴尼亞Lasgush Poradeci獎（1992年），布魯塞爾歐洲藝術學院國際沙龍詩競賽銀牌獎（2007年）、「奈姆日」（Ditët e Naimit）國際詩歌節奈姆・弗拉舍里Naim Frashëri文學大獎。

蠔
The Oyster

開啟吧
我要出去
立刻在天空下喝水

讓星星
從我的嘴喝水
我們在海底
排出我們的蠔種

我們封閉太久啦
神啊　迷失在裡面
聽不到水的聲音

鏡子
The Mirror

我此時此地很興奮
多麼興奮
你也很興奮
這邊的這些興奮
那邊的那些也興奮
我們大家都如此興奮

突然多麼
突然
開朗的海在我們面前伸展
鏡子深置其間
我們立刻移到底層
深深的底層
我們意外移到底層

你呀　用生鏽的刀片
無法打破我們照臉的鏡子
因為

我們會永遠留在
那邊底層
深深的底層

又冷又暗

枕頭
The Pillow

我拿裝羽毛的枕頭，
擱在頭下。我想睡覺了，
又柔軟又平穩。如此柔軟潔白
我緊抱胸前。撫摸我的臉
散布我溫暖呼吸。我說有這麼多
溫柔的鳥，在我頸下永遠平靜
熟睡。我已然習慣相處
非如此柔軟溫暖不可
羽毛怪哉一根一根跑出來
先是在整個房間內飛揚
然後整個房屋，而後
所有鄰居。如此柔軟溫暖
我已習慣遙遠的夢
得到被感冒發燒打倒的
信號。我忍受不住，
你們這些野鳥，我大叫，
我幾乎被你們白色羽毛窒息。
變冷了，真冷。

棄置的枕頭空空如也
變化羽毛的季節導致我
費那麼多時間才進入羊毛雲堆。

葬禮
The Funeral

人那麼多
只有他孤單在眾人肩上

我打開電視機，躺下來
他還是孤單一人

他們站著吃即時熱狗
或類似東西

我切換頻道
葬禮開始

我關掉電視機說
該正是孤單時候了

窗上草

The Grass on the Window

水果在桌上腐爛掉
我開始挑選未熟的蘋果
刪除水果有效屆期日

有人暗戀我
把未成熟的臉頰拋向我
使我放棄未知的蘋果

晚上削水果
遠遠的聲音告訴我
早晨從泥土裡長出芽來

把種籽扔出花園
當季節變化和葉子掉落
顧好家不使葉子蓋住你的臉

如果草侵入你的窗
不要說花園長在桌上
死神勝利已越過綠色拱門

我走過無生命活動的空間
I Walk Through the Space Nothing Alive Moves

同樣凡人
可以走長途
不會遇到活物
　　　　在空間運動

在大雨中淋濕
回來剛剛要開始
為事情留見證
無懼於灰色天空的
　　　　彩虹

同樣凡人
比以往更相信沒有什麼
不朽之事儘管他們甚至
不能說服自己過關
儘管他們有更多淨利
打破亮麗色彩
他們快樂倒下時不會射擊

同樣凡人奔跑
像河流在某一點沖刷
如果他們如此解決甚至不會死
如果他們只記住一件事
從他們面前的綠色時代開始
人是凡人
就像在人民中迷失的方式
排列在高速公路兩側
像去年枯掉的
橡樹

同樣凡人
可以走長途暖身
熱絡
永遠不會寒冷只要
他們這樣解決
　　　　　而常態
　　　　　死亡

不讓人相信他們的植物可以
像呼吸一樣成長

同樣凡人
可以走在切半的
路邊
手插在口袋裡吐痰
落入去年秋天掉下的
枯葉所覆蓋的
坑裡

讓窗戶開著
Leave the Window Open

讓窗戶開著窗戶
給街上空氣進來全部燃燒

讓窗戶開著窗戶
嚥下呼吸，排出體臭

讓窗戶開著窗戶
開啟視域，從封閉空間
能夠爽心悅目

讓窗戶開著窗戶
反映詩人史詩宏聲使小孩
衝出黑暗逃離尖銳音調

讓窗戶開著窗戶
野獸下山
踩著女屍身上的爛蘋果

讓窗戶開著窗戶
一些雨水特別是水滴
落在龜裂的唇上

讓窗戶開著窗戶
解除自己內疚特別迎向死亡

讓窗戶開著窗戶
與狗昆蟲遙遠聲音的暗中幽靈同眠

讓窗戶開著窗戶
屍體是忠誠同伴，不殺你
不擋路不侵犯呼吸

讓窗戶開著窗戶
持鋼傘出外最後旅行之前
紅雨滴下來

讓窗戶開著窗戶
用臉擊破房屋角落的
方形鏡子散落

讓窗戶開著窗戶
尤其是因為
死在向天空行軍的隊伍中

關閉門關閉
免得野獸和人跑掉

我在倫敦的臥室
My Bedroom in London

傳統英格蘭窗和周圍鏡子
增加我的空間錯覺你從街上
從附近公寓看我沒有辦法
用連結妳我的鑰匙鎖門
泰晤士河把全部帶走丟在我裸體兩側
四週鏡子擴大我臥室
無限空虛使我永遠無法
鎖定這個立方體世界把我與妳隔離
泰晤士河帶走我的微物使我
在鎮壓我遊行的陰影當中
於延伸我臥室的鏡子上再也找不到
傳統英格蘭窗和留在開門上
分不清楚的鑰匙這時燈光射入
我四肢在組裝鏡子內放大的景象
使我的世界躲避廣場和暴民
成為廢墟

譯自Sazana Çapriqi英譯本

賀甫德特・巴吉拉吉
Xhevdet Bajraj

賀甫德特・巴吉拉吉（Xhevdet Bajraj），是詩人、劇作家、翻譯家和教授。出版詩集約20冊，譯成英文、德文、西班牙文、丹麥文、塞爾維亞文、斯洛文尼亞文、匈牙利文、土耳其文、波蘭文。榮獲許多獎項和榮譽，包括科索沃作家協會頒授最佳詩書獎（1993年和2000年）；2004年歌利亞多斯（Goliardos）國際詩獎；2010年以阿爾巴尼亞文寫作的卡塔琳娜，喬斯皮（Katarina Josipi）最佳原創劇作獎；2013年阿爾巴尼亞發羅拉（Vlorë）獨角戲劇節首獎；以及2015年普里什蒂納（Prishtina）國際書展頒贈最佳詩書獎。全家於1999年5月被科索沃驅逐出境，經由國際作家議會及其受迫害作家救援計畫，獲得墨西哥流亡之家Citlaltépetl的庇護和獎學金。多年以來，已成為墨西哥城自治大學的創意寫作和文學教授，並獲得國家文藝作家獎金（Sistema Nacional de Creadores de Arte）。

購物袋
The Shopping Bag

親愛的朋友，我不了解你
但生活一直以獸齒咬我
無法可以應付
只有咬回去

我丟掉香煙，耐心過街
讓車輛不會毀掉
我的新鞋

我走進超市
羊排
精選魚
雞翅雞胸雞腿……全雞
牛睪牛腦牛肉牛肝
豬腳兔鵪鶉
滿載，全部仔細包裝
角隅有標價
看我們是否負得起

我帶的袋子裝有玉米餅
綠椒
六罐印地歐牌啤酒，冰到好處
三包得利卡多牌香菸，沒有濾嘴
我回到家
吃
玉米餅配綠椒
加上一小塊我自己

譯自Alice Whitmore英譯本

阿爾巴尼亞食物
Albanian Food

塞爾維亞士兵在科索沃
有豐盛的阿爾巴尼亞菜單

早餐
從撕破衣的母親乳房吸乳
在燃燒中房屋的火上蒸新生嬰兒肉
配黑眼珠、藍眼珠或褐眼珠
還有一瓶煮開的眼淚

有些人只要有烤腦袋就滿足啦

午餐
有各種年齡破碎的心
在骨汁中烹調
加上用生炭燒烤的後座肉
配油炸孩子腦
有哀叫沙拉澆淋恐怖醋
還有一公升半的被強暴女子血

有些人只要有烤腦袋就滿足啦

晚餐
黑白肺
到處有腎臟
孩子肉混拌母血
有些老人肉烤成肉串
撒來自淚水的鹽

有些人只要有烤腦袋就滿足啦

這時候
他們正在大嚼左耳朵和右耳朵
手指和腳趾
到處有血淋淋的鼻子
我們的夢想在行刑牆上乾掉

有些人只要有烤腦袋就滿足啦

他們在焚燒中的房屋火上烹烤
他們用阿爾巴尼亞人頭蓋骨飲食
好像他們不是人
他們是，神嗎？
直到夏天把他們送回自己土地
他們靠死人已養得肥肥胖胖

譯自Fadil Bajraj英譯本

在我的歌裡*In My Song*
給我兄弟*Fadil*

如果在我的歌裡
太陽在南方升起，在北方消失
不要理會

如果河流沒有人的名字
別理他們
遺忘自有其道理

如果他王國裡的石頭靜悄悄
不要理會
為了回歸的大日子正在救火

如果妳在我的歌裡遇見男人
在晴天
他跪在石頭上
在喝河水
別理他

他天生自由

譯自Fadil Bajraj英譯本

天使惡夢
The Angel's Dreams

他踏上地球那一刻
第一件事就是走進小酒館
他喝了兩杯威士忌，然後死了
天使群遇到夜間恐怖事件

當他第二次下凡
他喝了九杯伏特加，沒注意到
人們什麼時候砍掉他的翅膀

從那以後，他不敢睡覺
怕夢見像人這種東西

譯自Alice Whitmore英譯本

放逐
Exiled

離小溪大約150公尺
靠近我誕生地
野鴿子群棲
懸崖上

鴿群飛
越過大岩石時
神降臨了

很久以後，我才明白祂曾經陪著
我們
後來在我們繼續成長中放棄我們

從那裡
我坐在十字架內
走長路繞世界
尋找岩石建造房屋

我已經收集全了
但是
我要在何處矗立房子牆壁
在窗框內到底要掌握什麼景象
才能找到回去童年的路途。

譯自Ani Gjika英譯本

穆傑・布契帕帕吉
Mujë Buçpapaj

穆傑・布契帕帕吉（Mujë Buçpapaj），1962年出生於阿爾巴尼亞的特羅波耶（Tropojë）。1986年畢業於地拉那大學阿爾巴尼亞語文系。在故鄉短期擔任教職後，1991～1992年在靠近前電影製片廠「新阿爾巴尼亞」，今稱為「阿爾巴電影廠」（Albafilm），繼續進修專題電影劇本寫作，視同碩士學位後研究。目前，他正在地拉那大學校際阿爾巴尼亞研究中心附近完成文學科學研究。會講英語和法語。已婚，有二子。為藝術和文學領域著名和傑出人士。著有數本書和數百篇文章，涵蓋政論、文學評論、散文、研究和翻譯，特別是美國現代詩。出版過幾部詩集、散文和研究，其中大部分被翻譯成許多外國文字。多次榮獲國際獎項，為最佳現代詩人之一。

偏遠的田園遺留
成熟玉米
從兒童手中發芽

太陽落在沼澤裡
在蒸汽中寫作
吹涼風

女孩屈伏在
長草裡
只有陰影才能遮住

愛情是
乞討來的

未宣布的勝利
不算數

但收穫是
在遺忘的水域裡

生命
對男人
是不夠用

對男人
做做好事吧

風的肖像
The Wind's Portrait

北方顏色把
河風肖像狂吹
進入挺立的樹中

人建設
生命和河流的對岸
在雨和田園之間
但風有話說

村莊傳訊
遙遠的山脈
迎接飛鳥

夢從沼澤
逃逸

村莊苦著臉
永遠失去

導向
對我家通常季節
震撼的方式

風旋繞提醒
發現我們正在老化

鄉村辦喪事
Under the Village Mourning

鄉村為世界辦喪事
在村裡沼澤
濕地角落
母親年年等待夏天
著陸農場
像上帝投炸彈

鄉村辦喪事時
她總是點火
把祂的牛
驅到青草地

我母親
世界微光
在荒郊野外

這場活生生戰爭後復員
Return After this Living War

我們不放棄復員
回到出生地
為死者
點燃榮譽之火

我們會來
用詩人的話
紓解
他們在墓地的痛苦

我們會回來
到夏天
張開的傷口和子宮
在我們村裡
敲打雨鼓

如果大家都死了
我也在內
成為好夥伴

讓所有女人
為我哭泣
善也好
惡也罷
減輕
我的影子

我們都會在
這場活生生的戰爭後
復員歸來

特佩拉尼*原野
The Field of Tplani

大沼澤地
仍然從死者肋骨下方
啃吃土地
睡著
不朽的北方睡眠

始終空無
草原戰爭的呼喊
而霧聲
前進全世界

四月的甘蔗叢
安安靜靜

橡木陰影
潛入白天肉身
照亮
開放的村莊

而大沼澤地
仍然從下方
啃吃土地

在灌木叢荊棘下方
他們正從水域
撈起死者
睡著不朽的北方睡眠

*特佩拉尼（Tplani），阿爾巴尼亞的小村莊。

塞普·艾默拉甫
Shaip Emërllahu

塞普·艾默拉甫，1962年生於馬其頓泰托沃近郊的特雷玻斯村（Trebosh）。在科索沃的普里斯提納大學完成阿爾巴尼亞語文學位，擔任過報紙《Flaka》記者和文化編輯，現為泰托沃「奈姆日」（Ditët e Naimit）國際詩歌節主席。參加過哥倫比亞、愛爾蘭、突尼西亞、波蘭、克羅埃西亞、羅馬尼亞、保加利亞、土耳其等國舉辦國際詩歌節，榮獲多項國內和國際文學獎。出版詩集有《歲月洗禮》（Pagëzimi i viteve，地拉那市奈姆·弗拉謝里出版書房，1994）、《破碎計畫》（Projekti i thyer，斯科普耶市阿爾巴尼亞作家協會，1991）、《小小死神》（Vdekja e paktë，斯科普耶市Flaka出版部，2001）。2001年保加利亞東西文化學術院（Akademia Orient – Oksident）為他出版阿爾巴尼亞和羅馬尼亞雙語詩集《Vdekja e paktë – Putina moarte》。2000年出版合著阿英雙語詩集《我們作證》（…edhe ne dëshmojnë / We witness，奈姆·弗拉謝里出版書房），見證科索沃屠殺事件。2004年克羅埃西亞筆會和克羅埃西亞作家協會出版其克阿雙語《詩集》。2004年斯科普耶市Feniks出版書房出版其詩選集《Dvorski son》。塞普・艾默拉甫的詩被譯成法文、英文、希伯來文、西班牙文、阿拉伯文、羅馬尼亞文、波蘭文、克羅埃西亞文、和馬其頓文。

人生襤褸
Life's Rags

如果明天亮眼的華爾茲
不再演奏
就讓道路向兩側開放

邁步通往過去
只能飽足我們的安慰

正發芽的樹葉
轉變成人生項鍊

誰會責怪
把這些樹葉排成
你頸項的形狀
以此混淆
　　　構成人生
與我毫不相干

熱情襤褸
　　　　人生也

泰托沃蘋果
The Apples of Tetova

經過協調的數世紀
泰托沃修剪澆水
　　　　本地蘋果樹

像岩鹽
被你弄髒
因蛆轉成腐敗
你會想爆發

結果
由於吃太多
　　　　牙齒麻痺了

1989年，泰托沃

天空綻開子彈花
The Sky Bloomed with Bullet Flowers

生命的兩把小提琴
在我們正前方被子彈打成碎片
我們偷到琴聲

而生命
生命在泰特沃真美

正如神

祂在夜裡邀我到砲孔

天空綻開子彈花
賦予人民眼睛自由
我們自己目盲的自由眼睛

2001年3月15日泰托沃

死路
Dead End

要是你未在人生根柢糾纏
狂潮怒浪把你捲走
愛倫坡的烏鴉
會把你的煙囪變成廁所
連鴿子都不飛繞

指著你的
手指
比武器更糟
耗盡你的聲音像夢中
你汗水淋漓
找尋出路
你額頭的惡名標記
令人噁心
像你的征服者笑容
你就是他的穀物

無頭腦方式
始終是無方式頭腦
開發出來的

我們去哪裡
Where Are We Going

夜晚尾端
停下來招待蟋蟀

早晨樹葉
氣炸了

此時我們去哪裡?!

1994年

安東·郭吉傑志
Anton Gojçaj

安東·郭吉傑志（Anton Gojçaj），1966年6月4日出生於蒙特內哥羅（前南斯拉夫）首都波德里查市（Podgorica, Montenegro），於普里什蒂納（Prishtina）獲阿爾巴尼亞語言文學學位，繼續攻讀研究所，獲碩士學位。在許多阿爾巴尼亞語的文學雜誌發表詩、散文、書評；詩和短篇小說被譯成蒙特內哥羅文、英文和法文出版。現住在波德里查市附近的圖基鎮（Tuzi）。

沒有人瞭解狐狸
No One Understands The Fox

想成為素食主義者
只用一粒葡萄滋潤嘴

可是騙子與明星廝混
不知道樓梯在哪裡

垂涎不能上天
訕笑躲藏的蜘蛛

自尊滿滿
尾巴像是掃把星

狐狸給世界建築師
寫信抱怨

騙術
她吞不下去

乾河
Waterless River

在發源地的乾河床上
意外發現很多丟棄的瓶子
無軟木塞、無果汁、無訊息

裸石孤單
一排無盡的士兵，崇法者
擠出微笑
困在芝諾第三悖論*上
為了箭矢、標靶和不可能運動

無論前面後面
都缺水
不聞當地蛙聲
所有阿里斯托芬**族類
都渴望孩童行為
或逃蛇而死

水沒了

在地圖寫河名字要多少時間

* 古希臘數學家芝諾（Zeno）第三悖論是飛矢不動論，謂「任何東西占據一個與自身相等的處所時是靜止的，飛著的箭在任何一個瞬間總是占據與自身相等的處所，所以也是靜止的。」

** 阿里斯托芬（Aristophanes，約前446年~前385年），古希臘喜劇作家，有「喜劇之父」稱譽，作品包括《蛙》等11部。

綠色微笑
Green Smile

草是綠色
就像妹妹的笑容
像女孩初吻
在她眼睛再現光芒之前
草是綠色的

正如海洋之深

在詩樣夜空的拼圖
是全心全意的俗世幸福
在學生河流岸邊的
悲劇點
草始終是綠色

世界之巔
Half of the World

很難過，我無法像星星一樣唱歌
很抱歉，我不懂得像星星一樣安靜
我到每個地方所見都像星星
你就像明星
我到任何地方見到我都像星星
雖然我不是明星

來自宇宙的貓
A Cat From Cosmos

我看到一隻貓
在海岸
華麗純黑
就像真理一樣

少年貓
用眼睛耍尾巴
致命的遊戲
長笛天空落下激情雨

來自宇宙的貓
隱藏的愛神
從醉酒女人的軀幹
調合運動

譯自Peter M. Tase英譯本

伊恕夫·謝里費
Isuf Sherifi

伊恕夫·謝里費（Isuf Sherifi），1967年出生於馬其頓的泰托沃市，在本國完成中小學學業後，進科索沃普里什蒂納語言學院，念阿爾巴尼亞語言和文學，1989年因參與阿爾巴尼亞人權運動，被囚禁。政治鎮壓平息後獲釋，即移居瑞士，現與妻和兩個孩子住在維滕巴赫（Wittenbach）。主要文學創作為詩、散文和評論。出版文學作品九本，其中七本是詩集，最近抒情詩集由德國弗勞恩費爾德的瓦爾德古特出版社（Waldgut）出版（2017年）。積極投入跨文化交流，用阿爾巴尼亞文翻譯和出版許多瑞士作品。文學創作發表在馬其頓、阿爾巴尼亞、科索沃和流散地的許多文學刊物，也獲選入多種阿爾巴尼亞文和德文詩選。

高跟鞋舞會
A Ball on High Heels

妳為什麼跑那麼遠？
那些高跟鞋是
工藝家製作的嗎？

有時白色
有時銀色
偶爾黃色
常常水晶色

（妳聽到詩人說
那些長指煉金術士
給妳穿衣脫衣
隨心所欲）

有時四分之一
有時一半
很少完全
有時妳就跑掉啦

妳對這地球的罪過是
讓他們逼妳穿高跟鞋跑
在夜間舞會
讓妳獨舞
受苦

如此高跟鞋
是誰巧藝製作
讓妳獨自等待那鞋

喂！喂！

豎琴、森巴舞與和諧
The Harp, Samba and Accord

至親摯愛的
這是寒冷的夏末
下雨
使我的豎琴之弦顫抖
像在現代性基石下的新石器時代遺址
在音色和心靈方面都成為我的負擔

至親摯愛的
拿過來調音吧
為了我，周圍好心人
把寒冷騷動燃燒
教跳桑巴舞
讓我們自己振奮
讓我們清醒

曼陀林和藍調舞蹈
Mandolin and Blue Dance

妳愛藍調
和妳所彈曼陀林聲音

（我也喜歡）

他們壓搾妳的嘴唇
壓扁妳的身體

妳搖擺精彩
藍調舞蹈
和妳一起
震顫曼陀林琴弦

妳們三位在抖動

妳
藍調
曼陀林

妳愛藍調
和妳所彈曼陀林旋律

（我也喜歡）

他們把妳變成繆斯
在藍調舞蹈，在藍天飛翔

妳順著藍調
藍調順著妳
曼陀林順著妳們二者

妳們三者
惱怒躺在同一張床上
我已經在上面休息
因曼陀林和妳藍調舞蹈的
魅力而醉茫茫

粉紅色集錦
Pink Potpourri

美的是妳的藍帽
戴在妳粉紅色頭上
被海廣闊延伸
像黃色搥柑
受到與妳同醒同睡的
陽光照顧

但妳永不摘下的墨鏡
混淆我的集錦
而妳的完美
分不出眼睛黑或藍

五弦琴的故事
The Story of the Five Sharki Strings
或：淑女第五弦

（變奏）

第一弦——為風
第二弦——為水
第三弦——為火
第四弦——為土

他相信擁有全部四要素
他抬頭，看到淑女

步伐像風輕柔
眼睛像海水
目光顯露火焰
土地在她腳下震動

主人心搖神晃，動念
為淑女加上第五弦

奈梅·貝基拉吉
Naime Beqiraj

奈梅·貝基拉吉（Naime Beqiraj），1967年出生於佩奇（Peja）市（科索沃老鎮，有高山和兩條長河），在此讀完小學和中學後，到普里什蒂納大學念文學。曾在科索沃各媒體擔任記者和文化編輯，也是科索沃公共電視頻道主管。在學術上，以宣傳史研究獲得學位。曾在科索沃各大學教授宣傳和文學。出版三本詩集，也編過全球阿爾巴尼亞詩人選集。評論和文學研究之外，又出版戲劇、古典音樂、視覺藝術、芭蕾舞、攝影，歷史等藝術和文化領域的各種宣傳著作。出席各文學節，並在國際文學雜誌上，以英文、義大利文、波蘭文、波斯尼亞文、克羅埃西亞文、羅馬尼亞文、馬其頓文、保加利亞文、荷蘭文等語言發表作品。現住在普里什蒂納（科索沃首都），目前講授宣傳、文學和學術寫作課程，並在科索沃各大學舉辦人文科學講座。

我連在夢中都見不到你
I'm Not Seeing You Even in Dreams

受傷的是我的心
你卻不關心
我在慢慢繪你時
你眼睛凝神
試圖別讓睫毛打到我

今天躺在地上
我們處理事情的條理
因而科學不會放縱你
不致於破壞男子漢的形象

像一星期的倦態生計
我的睡眠變成
試圖在夢中見到你

我愛你不為我自己
我愛你是為我們
為你

但兒呀，你在遊戲時
不要在錯誤角度玩

如果我睡覺時在夢中見不到你
不需原諒我
我從遠遠就想聽到你的腳步聲
在閱讀我的心靈時
像跳舞一樣入侵過來
吞噬你翅膀的微風
和你流出的汗

心靈正在探索你的品味
The Soul is Asking for Your Smell

我對你一如對我的心靈說話
這時我的眼睛長時間
閃爍
不知道如何阻止小溪的力量
沒有你，我還能做什麼

沒有人可以打電話
沒有朋友與我會面
沒有地方收留我
什麼都不接近我
好像世界已經停轉

我可以對朋友說什麼呢
每個人都問關於你
他們要怪我也無所謂啦
你容易被他們接受

我不知道這是什麼意思
我必須先發言嗎
每個人都在呼喚你
心靈正在探索你的品味
你的影子比什麼都重
分離就接不到你的聲音

我不知道我身體哪個部位
會更加疼痛
但是心靈，我對心靈該怎麼辦才好

他們準備要起飛
They Were About to Fly

他聲音飄浮
像羅賓遜墜落
在孤獨高峰
沒有破損
緊緊掌握美
至少曾經鼓勵
單獨出現

低調在地上
漂流的心
彼此間
為保持空氣清新
他們準備要起飛
她快要樂瘋了
他很沈著

不是一塊餘燼
就能乾燥他們的羽毛

他們心靈無法放棄的那些眼淚
無論是由於幸福還是噩夢

像今天一樣下雨天
剛好是冬季
這無法要求在耶誕節後
只生活一星期

但他們，又
甚至準備起飛
但無翼如何飛行
在空中，經過討論
也許有些行星飛過
不小心
墜落星散

為愛而死容易
勝過被白色晨霧所阻

致使你漂流
如像他人

湖上天鵝
Swan of the Lake

天鵝頸像破裂的弦月
小心我們的翅膀
不要碰到對方
即使我們正在燃燒
破裂像碎片
在湖上反光

我們抒情
勝於融入感情
珍奇勝於芭蕾舞衣
為了永遠留住天鵝

我們怎能忘記故事起頭
作為經典柴可夫斯基
隨著飄浮的靈感
創造詩意支配
比月球還早

比不安全感更明亮
你稱之為美麗

老天爺呀，告訴我
如何保持活力
才不會變成天鵝
直到努力尋找「琵琶……」的字
我們的動機
要小心注意手指
還有不應該說的一串事情
但務必做到

看在天鵝的份上
告訴我，你明白我愛你
因為我們也沒有做那事情

保證柴可夫斯基
於其第一個芭蕾舞

不斷改變歌詞
作為月亮片段
你即將減少報應
我們以第一個憧憬
唯有你的聲調
使我忘掉作品編號
啟動天鵝或保留女孩

給媽媽
To Mom

有幸福生計而且
可欣賞街景
那麼腸胃有饗宴時
每次你從遠處
趨近來
享受滋味

當管制以偶然
以緩慢下降
到模鑄生計
和白色小徑
我們看來多美好
山也是

他們來
帶來喜悅
每當我們拉近

我們淨化嗜好
和心靈

你感到手足無措
何時會缺生計
他們近來會被帶到
小路
以資辨別

往筆直的
生計和道路
我們確實回頭
每當飢餓難耐
且誘惑
一而再地
造訪我們的母夜叉
部分外皮

晚安，媽媽
妳為我鋪一條崎嶇道路
給我輕鬆生計
教導我
天使不會在路上停留

以上譯自Fahredin Shehu英譯本

薩拉吉丁・塞立夫
Saljdin Salihu

薩拉吉丁・塞立夫（Saljdin Salihu），1970年出生於馬其頓泰托沃（Tetovo）。專攻阿爾巴尼亞語言和文學。迄今已出版詩集有：《小事後的死亡》（詩和故事，1996年）、《征服的初夜》（詩和故事，1998年）。曾經擔任文化雜誌《第9代》（Brezi 9）編輯，目前是文化雜誌《遊說》編輯。詩獲選入若干詩選中，並被譯成英文、法文和馬其頓文。

破曉星消
Day Breaks Stars Disappear

破曉而記憶之星消失
於無聊的巨大天空
孤獨懸掛在
那張保持恐怖的桌上方
像無助的老婦微微顯示失望
把輸贏的符號編織在
安慰的白旗上

在車站
At the Station

人來來往往

你在這裡等我

我在這裡等你

鳥在電線上打盹

愛的訊息

窩在懷裡

嘆息

而話

介入他們大腿間

我們是常客

親愛的，在世上，我們剎那

在世上，厭惡多

在世上，讚美少

讓我們保持沉默，親愛的
Let Us Keep Silent, dear

我的思想變蒼白了
我的話已經累了
我們話說太多，謊話太多
我們需要學習保持沉默，親愛的

在鄉下
In the Province

報紙根本不會送來
郵局只開放幾個小時
電話還沒安裝
信件遲到
但是
鄉下人依然有
更多理由快樂
城市居民夢想著
開豪華轎車
孩子們在月亮公園遊樂
用手機做愛
透過彩色電視機看世界
沒有人喝泉水，只有可樂
鄉下人不知道
這樣的夢想
渴望著鄉下人的愛……

你又出現在這個城市
You Show up in this City Again

你看起來像電話號碼
藏在回憶的角落
你看起來像旅行車票
藏在曾經是我遊伴的
某人失去記憶的口袋裡
超越難解的是
親愛的，到底我們一樣還是不一樣
或者我們變了
不……

施里克·莉麗雅·布倫巴哈
Silke Liria Blumbach

施里克·莉麗雅·布倫巴哈（Silke Liria Blumbach），1970年12月13日出生於教師家庭。八歲開始寫詩，熟練阿爾巴尼亞語文後突飛猛進。以柏林為基地的翻譯者，靠文字和語言維生。為第四期乳癌倖存者。出版三本詩集和兩本阿爾巴尼亞文散文集，以及一本英文詩集，獲多項阿爾巴尼亞國內和國際文學獎。在阿爾巴尼亞文與德文和英文間互譯數本詩集和散文集。是「奈姆日」（Ditët e Naimit）國際詩歌節成員，設有以其名字命名的詩獎。

沉重
Heaviness

希望倒塌了
像絕望的夏天
服裝。
掉在地板上，
連同內褲，
微笑。

儘管他們告訴你衝向
太陽甚至還超越。
儘管他們都這樣說。

比天花板更重的是
心臟。而生活，
這破鏡子的迷惑，
重如重擔
如必要的人物。

餓童之歌
Song for a Hungry Child

月亮嘲笑我們。
最嚴重的事情是
我孩子的嘴唇。
網路保持空空如也。

所以我應該用大腦
填補網路？那麼我的頭
還有什麼用途呢？
啊，月亮多麼遙遠！

吉他在遠方笑著。
聽呀，我的孩子。
月亮以音網與你聯繫。
你再也不餓啦。

聲音辮子
Sound Plaits

辮子，聲音辮子朝天，
以無與倫比的編舞
在星星間月亮下
輕柔顫動冒出。

在那下面，會被斬掉，
在那下面被踩踏，撕裂。
那裡有數千其他辮子
等待鬆開，等不到。

月亮不洩露危機。
星星不單獨孤立發光。
夜藍到使辮子
一起編出交響樂。

禮物
Gifts

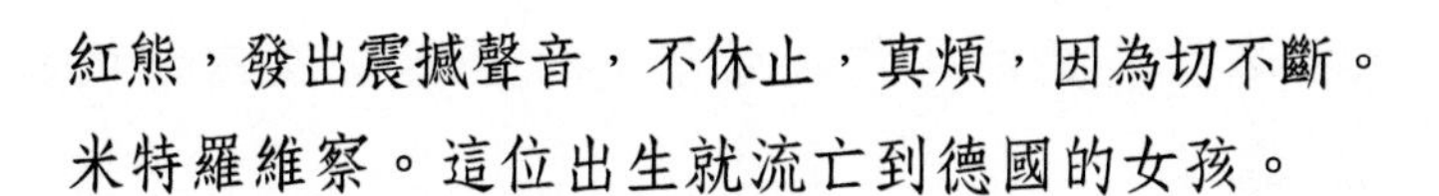

紅熊，發出震撼聲音，不休止，真煩，因為切不斷。
米特羅維察。這位出生就流亡到德國的女孩。

阿里耶斯公車站附近商店的口紅，我們的巴士，
在加油站。
我們必須隱瞞史桂琵，否則她會把整個世界給我。

木材主，謝夫基，史桂琵好眼力的丈夫，他親手
製作的木湯匙。
像童話故事：把湯匙放進嘴裡，就有吃不完的麵包。

書。書。書。書。書。

阿爾巴尼亞祕藏的大理石盒。還有從菸灰缸湖裡
喝菸草的大理石鴨。
從羅馬人，我的鄰居，以及咖啡杯內的鈴鼓和未來。

史桂琵又問：你要什麼？你要什麼就儘管從我公寓拿！
塑膠玫瑰，永遠比任何其他玫瑰還要大。

矩形都拉斯*。銅的圓形阿爾巴尼亞。
二維度沙蘭達，始終在我身邊，在醫院的床頭櫃上。

我的名字。

*都拉斯（Durrës），阿爾巴尼亞在亞德里亞海濱港市。

燈光流露
The Outpouring of the Light

燈光只有一次流露
然後就燒壞了
火熱印象進入視網膜
人們抬高眼睛
剛才燈光還在那裡
使腦中所有疑慮以及
所有心上污點和精神陰影消失。
所以他們在期待中抬高眼睛，
從蒼白淡出變成黑色。
但所有視網膜都有這樣微小印象
作為事件無法洗刷的證明，
是故人們伸長硬脖子，
像彩虹中的天鵝，
彎背挺直
手離開地面。

伊萊爾・查吉蜜
Ilire Zajmi

伊萊爾・查吉蜜（Ilire Zajmi），1971年出生於科索沃普里茲倫，作家和記者。有十本著作：包括五本詩集，其中三本阿爾巴尼亞文，一本英文，由葡萄牙健忘出版社出版，一本法文《這是結局》（C'est la fin），由哈瑪單（L'Harmattan）出版；兩本小說：《安撫造反的夢想》（Fashitja e endrrave rebele）和《風》（Era），在阿爾巴尼亞出版，一本描寫科索沃戰爭的書《前往支持的列車》（Un treno per Blace），1999年由義大利巴里市Meridiana出版，另有阿爾巴尼亞文和克羅地亞文譯本，一本調查報告《電視圖像與現實》，由科索沃莎嘉（Saga）出版社出版。獲2011年義大利米蘭Ventenale詩獎，2013年科索沃詩會首獎。

致普里什蒂納
To Prishtina

在朦朦朧朧的黎明
妳像少女
徹夜等待情人來
槍聲敵視和平
灰濛濛的早晚
情人們偷偷摸摸
在折疊床上澆熄慾望
普里什蒂納呀
隨著傍晚步伐蹦蹦聲
我在妳懷裡聽到妳呼吸
當黑色長袍披上肩
我在靜脈血管內
感到妳臨盆的痛苦
倒地受傷且踐著腳步
到了達爾達尼亞*陽光山坡
烏爾比雅納新聞宮
而我害怕普里什蒂納
早晚受到慾望所苦

而我害怕普里什蒂納
為了自……由。

*達爾達尼亞（Dardania），在普里什蒂納市之達爾達尼亞人居住區。

咖啡
Coffee

黑咖啡在白色杯子裡
新的一天在惺忪中。
咖啡無糖加甜
一月天拂曉興起傷感。
午時與朋友喝咖啡
牽扯頑固的世界。
黃昏喝咖啡加抽菸
消除煩惱，開心
到瘋狂。
一杯咖啡、兩杯咖啡、三杯咖啡
在你絕望的時候
消弭悲傷
黑咖啡、瑪琪雅朵、濃縮咖啡
慶祝擊敗國王的勝利。

當你離開時
When you are away

當你離開時我的一半不在此，
我不知道如何處理另一半
我用一些搖籃曲的話哄她
說你會很快回來抱抱她
你會回來靠火爐取暖
你，我親愛的騎士。
當你離開時，
我不知道該怎麼辦
我耗時間
在等待。
我改變自己用眼睛和耳朵：
注意鈴聲，注意電郵新消息，
來自你的愛情信使。
當你離開時
屋裡你的氣味使我顫抖。
我開始想像你要來那一刻
我會把世界變小，
小到沒有任何距離，

當你回到我懷裡
我多麼渴望親吻你。
當你離開時，
我討厭距離
我要挑戰等待。

公開拍賣
Public Auction

他們用我的夢想交易
訓練他們的技巧
他們用我的脾氣購物
嘗試他們的耐性
他們為我的乳房打賭
衡量他們的性慾
他們為我的健康喝酒
用他們的錢買醉
他們不睡覺
關心我的問題
他們僱用私人偵探
寫我的黑傳記
計算我的情人們。
自始至終
對他們來說
我是在公開拍賣場
他們試圖偷我的眼睛
強暴我的夢想

把我推到腹地。
玩，和我玩。

這是結局
This is The End

這是我朋友的結局
夢想旭出的結局
這是還沒開始的
故事的結局
這是看來乏味的
誘惑的結局
這是沒有證人的夜晚
失敗的結局
這是遲遲親吻的
情色的結局
這是還沒發生的
愛情的結局
這是我朋友的結局
生命無終的結局——死亡
而你還在等待睜眼看
遊戲的結局。

歐琳碧・魏拉吉
Olimbi Velaj

歐琳碧・魏拉吉（Olimbi Velaj），1971年出生於阿爾巴尼亞馬拉卡斯特區（Mallakastra）。在地拉那和索非亞求學。著有《在時鐘指針下消失的時刻》（Çastet vdesin nën akrepa orësh）歌詞卷（1998年），和《下午存在》（Qenia pasdite）阿英雙語卷（2003年）。在巴爾幹國家和歐洲的文學雜誌和選集發表詩，也翻譯保加利亞詩。參加過許多詩歌節，榮獲多項詩獎。20世紀阿爾巴尼亞文學、19世紀創造性寫作和世界文學講師，現任都拉斯（Durrës）亞歷山大莫伊秀（Aleksandër Moisiu）大學教育學院文學系主任。目前，在貝爾格萊德大學教授阿爾巴尼亞文學。1993年至2008年間擔任文化記者，在阿爾巴尼亞共產黨政權後，為轉型期代表性記者之一，廣泛報導文化遺產和民俗。獲索非亞大學1997至1998年研究獎學金，專注於巴爾幹地區的民謠比較研究。2012出版博士論文《巴爾幹國際文本的阿爾巴尼亞民謠》。研究興趣在口傳文學和詩、民謠理論和民歌領域。

心情
Mood

你仍然想潛入
渴望和誤解的底淵
超越所有下午和心情
在袐密譫妄中失去眼神
你還想談談你的母親
充滿袐密爆炸話題
超越她的竊聽
你散步無力啦
與聲音和我並軀
你的身體
在空中墜落
脆弱骨頭
推擠入夢裡
你依然迷路
像疲倦的含意
在某地方
無辜的屍體被偷走
來不及焚燒

測量

我們不可逆轉的衰頹

鐘響時刻
The Time of Bells

我們還希望
這是鐘響時刻
帶著死者嘆息聲
在黑西裝
和乾燥花底下
教堂院子裡的空氣
在焦慮的沉默重量下緊縮
四周有石蠟味
天使在牆上徘徊
按照信仰和願望
時間採取另一種形式
在聖人倦臉俯視下
讚美詩琅琅聲中
我想要死
在這些日子裡
沒有我的無神論
或遙遠的色情
在祈禱者和蠟燭之前
能夠傳聞天庭

舊時代
Old Time

你也記得
那些舊時代
用差勁的電話和明信片
夏天，像啟示錄，已飛逝
跨過我們身體和夢想
等待著，焦慮不安
正當大使館喧囂尖叫
我不忘記你的信念
和純粹光線
在離境時間的天空下……
然後又下雨了
我們的渴望變得遙遠
焦慮不斷消退
像在角落融化的冰塊
感覺經歷過不同心情
印象變得模糊
像渴望未受到注意
此刻我很意外想起你，

不知不覺，好像你是在參加
無法保持理性的週年紀念儀式

女人
Woman

這位女人害怕色衰
就像遠方車站的信號燈
使我僵在
她的漫步中，不安全感是律動
和失去方向，她是水手
不再相信自己會回航
也許是普通的故事
以她的影子結尾：
無言的童年耗在教科書上
排隊購物
稀罕的玩具，省錢的愛情……
然後長時間的誤解
自我排斥的空白生活
如今她站在這裡
面對虛榮
她沒有理由匆匆忙忙
所以滿耳被灌注
定時敲鐘聲

逐一小時
宣告時間結束

在咖啡吧的男人
The man at the Coffee Bar

不確定年齡……
任何相關計算都會出錯
而這位在咖啡吧的普通男人
抬眼，以空虛無神的眼光，
投你一瞥，彷彿在投注什麼事物
我體驗到的感受
或可稱為對存在進行挑釁
很少人會給你如此這般純粹冷漠
不明不白猜測
背離眼睛和訊息間的空間……
這位年齡不詳的陌生人
缺乏一切利益，又停留這麼近
根本不會違反自然法則
稍後，從口袋
掏出藥盒
用手指開始在點字機上觸摸
凹凹凸凸的文字表面

譯自Ukë Zenel Buçpapaj英譯本

帕立德·特非力齊
Parid Teferiçi

帕立德·特非力齊（Parid Teferiçi），1972年出生於阿爾巴尼亞卡瓦亞（Kavajë）市，自由作家、翻譯家、畫家，工作室在地拉那（Tirana）。地拉那大學理學院畢業，留學義大利米蘭博科尼（Bocconi）大學修政治經濟。出版詩集《委託蘋果》（Molla e detyrueshme, 1994）、《遠程製作》（Bërë me largësi, 1996）、《眼睛的緣故》（Meqenëse sytë, 2003）和《理想距離》（Largësia ideale, 2015）。榮獲《詞語》（FjalA）文學雜誌2005年最佳翻譯獎、阿爾巴尼亞文化部2013年國家翻譯獎、阿爾巴尼亞筆會2014年最佳翻譯家，詩集《理想距離》2015年獲頒阿爾巴尼亞出版家協會第18屆地拉那書展「年度作家」以及地拉那文化學院2015年度藝術書籍。

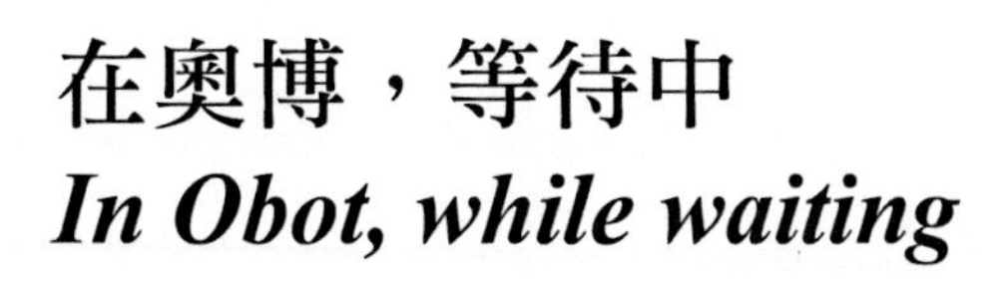

在奧博，等待中
In Obot, while waiting

喬治．尼古拉，在奧博等待渡輪去巴爾時，決定利用時間激勵十二歲的兒子（這位少年第一次離開什克德拉故鄉）。他拿一塊石頭，丟過布納河，邀兒子試試看能不能贏過他。兒子對父親突如其來的挑戰笑了起來，仔細選擇一塊石頭，溜下到河邊。

拿起石頭扔到比他父親還要遠的地方，甚至達到另一個岸邊，他感到手掌一陣劇痛。他只是想把石頭和痛苦拋到盡量遠。但是他沒有超越他的父親，至今仍感到痛苦不已。

詩人
The Poet

他們朝著我躲藏在找不到的地方槍擊。

事實是他們從桌子上舉起我的手
看看我是否沒躲在那裡。
事實是我必須讓路給
急急忙忙找我的人。
事實是他們對我縱火焚燒
在黑暗中尋找我。

然而，我背靠牆毅然挺立時
他們並沒槍擊我。

晨禮
First Prayer
少女*R*猶豫解開第一個鈕扣

花開能掩飾自己的香味嗎？
斑馬怎能隱藏在一條黑色斑紋裡，
或者貓怎能以F調喵喵叫？
或者史詩般的旅程
怎能排進一些廉價紀念品？
時間能夠避難躲入
可能夠大的手提箱裡嗎？
誠然，嚴格時程上的
白天怎能
隱藏在壁櫥裡
與生活玩捉迷藏？
天堂能藏在微風氣息中
傷口藏在結痂中，海藏在波浪中嗎？
我們當中一人可以永遠
藏在我們兩人之內嗎？
那麼，你怎能藏在
我對你的愛情裡？

在這麼小的國家
In a Country as Small as This One

阿爾巴尼亞海怪是沙丁魚。男人聚會的客廳是沙丁魚罐頭。

真理，為了在那裡找到空間，必須摺成兩半，然後再摺疊。

在這麼小的國家，小到可以按一比一方便繪在香菸盒上，在那裡，不知道如何坐或自持：究竟是在鄰居的喉嚨，或者其他傢伙的老婆屁股上。

擁擠席坐在咖啡桌周圍，跟人打招呼時，手肘怎麼可能不會碰到別人呢？在說恭維話時，怎麼不會令人感到噪耳呢？

我們可以在湯匙內看到彼此，而且彎曲變形。

指數
Index

究竟要展示給你看的是哪一點
我在群眾中是什麼樣的人物
或者在彎路處你必須找到
有木梨正在老化的我家？
食指是根源旨在提示
那株樹幹不長葉，沒結果，無樹影。

以上譯自Robert Elsie英譯本

恩督·烏喀吉
Ndue Ukaj

恩督·烏喀吉（Ndue Ukaj），1977年出生，阿爾巴尼亞作家、政論家和文學評論家。若干文學出版社成員，也是普里什蒂納出版的藝術、文化、社會雜誌《身分》編輯。作品被選入數種阿爾巴尼亞語和其他語言選集內。出版過五本書，其中《果陀不來》，獲科索沃2010年出版的國家最佳詩集獎。另獲馬其頓國際詩歌節最佳詩獎。2013年獲許多獎項：國際最佳詩人獎、翻譯獎、評論獎、詩雜誌獎、詩選獎、中國國際詩歌翻譯研究中心獎，以及2016年納吉納曼（Naji Naaman）文學獎之創意獎。詩文被翻譯成英文、西班牙文、義大利文、羅馬尼亞文、芬蘭文、瑞典文、土耳其文、中文。為瑞典筆會會員。

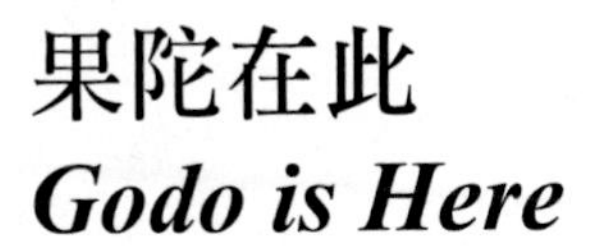

果陀在此
Godo is Here

今夜，風暴正要發狂
你身體淋濕在豪雨中顫抖
站在生命樹下等待果陀。
迎接中你變成一尊現代雕像。
孤鳥和夜梟的生命要寄棲何處。

你孤獨畏縮如像被逮到的竊賊
毒舌在其間靈敏強彈。
突然聽到猛力打擊，你卻無聞。
你耳朵聽不到溫暖蔓延全身。
就像卡夫卡小說裡在法律之前匍匐的老人。
等待進入法律祕境，不對，是果陀祕境。
以那些喪失人性的同等水準
去瞭解荒謬的的奧祕。
天哪，
果陀在此，帶著迷糊表情和破袋，
在你無盡等待的生命樹下
漫漫歸途遂失去慾望。

你認不出他啦，
他以想像不到的另一副臉孔回來。
你從未聽過那疲憊的聲音，
你看過那不安的視線。
悲傷使你身體震驚。
轉換成等待中的體溫正在下降。

你傷心抓住亂蓬頭，翻尋他的袋子
搜索你乾澀的夢有如秋葉
醉醺醺的腳步正踩過去
你的眼淚開始掉落到頸部和臉頰上
感到在悲傷懷抱中迎接他
正如新娘在荒廢床上等待新郎一樣，
夢想張開手臂就近擁有美夢滿盈的袋子
手輕輕擱在上面，就像可愛的頭髮……輕輕鬆鬆
乞求夢，交織在你長長的手指裡。
在你擦拭額頭時，你知道果陀到了，而你的等待
依然是無止境的等待。

羅拉的星期天
Laura's Sunday

在她城裡有一座毀損大教堂
是在廢墟當中
唱詩班不見人影
《聖母頌》歌曲也失憶。

路邊有很多狗和垃圾
只有唱詩班足跡
連同乾燥花束
才會讓石頭減輕痛苦

有一架大鋼琴沒有適當地方擺。

在她城裡有一座毀損大教堂
渴望鐘聲喚醒她
穿著美服，獨自低哼
《聖母頌》。

天呀，
她聲音真甜，每個星期天來到廢墟
與石頭、與在廢墟遍地
不易盛開的花卉說話
揉揉快樂的眼睛不用在唱詩班試音。

星期天，她高興的眼睛休息
孤獨唱著《聖母頌》。
用愛的橡皮擦掉剩下的
時間送貨單
雙手交集在她美乳上，
悄悄打開新頁
寫下一首無意義的詩歌。
星期天
她在夢見愛情神廟時醒來
而歌聲響起。

《聖母頌》活啦！
等待自然變得更可愛，
正如花傾其美而更可愛
而加入生活唱詩班。
她走過大教堂廢墟，點燃蠟燭
可愛的膝蓋跪在堅硬的石頭上。

生命哲學
Life's Philosophy

兩側道路像未知的慾望糾纏我
那背後正在激烈攻擊這問題：
我們沒被質疑的是，此生算什麼？
在劇院裡正演出的是未知劇情。

像古色古香場景出現演員面具
同時滿足民眾多樣品味
瞬間分享喜劇和悲劇。

時間流動就像河流那樣
我們只能在水中沐浴一次。

然後悲傷又渴望前來泡第二次。
這是道路交叉的方式
讓我們的腳困惑，

就像密林間莽莽蒼蒼。
困惑問道：

我們這趟旅行是什麼時候？
同時透過窄眼鏡尋找重要意義
且尋找目的，用小手
探觸穿過雲端看不見的視域

加上慢步消耗思考
未能遇到我們所愛的人
在一切美好的時候
一切正當，就像我們的旅行
尋找迷失的道路，古老的森林

我們醉醺醺問道：
我們通過錯誤的路徑尋找真理
通過正確的路徑尋找謊言
永遠學不會愛的藝術。
就像真理一樣，太陽天生不分善惡。
在黑暗與光明之間同樣的戰鬥中，
是在無盡的鬥爭中迷失
變換了形狀、色彩和知覺嗎？

挪亞方舟
Noah's Ark

即使彩虹在海上閃爍，挪亞方舟也未淨空
風已停，海已入眠。
即使白鴿在面前飛翔，方舟也未放空，
在窄門內出現激情，立刻
感受到一切明亮顏色。

方舟在酒醉中與暴風雨搏鬥，
生命之雨一直落不停
與踐踏土地的惡人搏鬥……

既然酒醉者被貪圖抓住虹彩的慾望擊垮，
相信我，當慾望吞噬你變得沉醉在溫暖嘴唇，
即使鴿子在藍天出現，
和平也不會落在我們身上
死在那裡，永遠保存醉酒的瞬間

夜幕再度降臨；彩虹在黑暗軌道上消失，
就像大山丘後的未知狀況。

而黑暗侵犯我們眼睛，就像夏娃全然奢望
智慧樹上的禁果，
天啊，
你不覺得生命果實味道已經喪失嗎？
由於方舟與風暴之間纏鬥的緣故

移民
The Emigrant

他只有問題，他的答案非常靦腆
與凝固鄉愁躲在污穢口袋內。
他只有回憶纏繞脖子週圍
像磨石把他震動向前進一步退後幾步，
還在沖瀉的瀑布下愛撫，
又綁架他從未見過的時間。
在茫茫無盡夜裡做夢的時候
他並非在暴風雨滿佈天空下走路、
吃東西、做愛和佔位置之一人。
鳥的祖國是天空
魚是海
移民是悲傷
在動蕩天空中像雲般倍增。

在未知道路上，鄉愁移動
在無盡的零當中找一。
煤炭威脅火；像熱帶輻射線
奧德賽聖經在他手中燒毀，

他極目張望錯過的伊薩卡*
日日夜夜消耗殆盡體力。
他在悲傷道路上跋涉
覆蓋應許之地當被，
夜夜做同樣的夢。回到一。
沙漠綠洲吞噬了他的抱負和回憶。
對移民造成深深絕望。

帶著滿滿悲傷通過希望之路
在無盡的零中，等待決定成為一，
每天等待他的是在輕鬆的森林中
未知的慾望、柔和視線和深度冥想。
像一隻凍僵的鳥正在尋找希望的巢穴。
覆蓋應許之地當被。

*伊薩卡（Ithaca），在《奥德賽》史詩中，
是主角奧德修斯在希臘半島的故國。

果陀來啦
Godo is Coming

停止不斷哭泣，果陀來啦
風暴已停，愛爾蘭通路已開放
他已軟化動亂視域和阿基里斯之悲
連胸痛也已痊癒。
他正經過生命之樹來啦。
你在那裡設立歡迎招待所
與許願沼澤強加聯繫。
果陀來啦，以全然無聲的海韻。
你的歡迎賦予他勇氣，
果陀來啦，以滿袋謎語。
靠近腐朽之木
在那裡等候輪到你握手
受到等候不休的反諷刺激。
每天早上改變話的形式。

以上譯自Peter Tase英譯本

傑頓．凱爾門迪
Jeton Kelmendi

傑頓．凱爾門迪（Jeton Kelmendi），詩人、演員、公關、翻譯家、出版人、大學教授。1978年出生於科索沃佩奇（Peja）市，普里什蒂納大學藝術大眾傳播系畢業。留學比利時布魯塞爾自由大學研究國際和安全，並在外交領域獲第二個碩士學位，博論《媒體對歐盟政治安全問題的影響》。為AAB大學學院教授、奧地利薩爾斯堡歐洲科學藝術學院的積極成員。多年來，寫詩、散文、評論和短篇小說。1999年出版第一本書《承諾世紀》（Shekulli I Premtimeve），在科索沃得名，後來出版許多其他著作。詩被翻譯選入幾本國際文學選。為外譯最多的阿爾巴尼亞語詩人，在歐洲享盛譽。許多文學評論家認為，凱爾門迪真正代表現代阿爾巴尼亞詩。身為許多國際詩團體的會員，作品常發表於許多文學和文化雜誌，尤其是英文、法文和羅馬尼亞文。目前在比利時布魯塞爾居住和工作。

歲月一時就會過去
The Days Will Depart One Time

如何對你說一句話
我的話，溫柔又溫暖
總是向善
我們應該說好話

為什麼我們年齡重要
這見解無助於我們

頭髮以下，眉毛以上

正出現愛情

在樹蔭安靜下
我敲擊思想靜脈
歲月從一開始
到某一點就會過去

在記憶陰影下
Under the Shade of Memory

我告訴過你某些遺忘的事
即使明天你也想不起這些事
當沉默正在流轉
寬恕永遠更加古老

在太陽曬乾的橡木上
我正在等你
與詩歌一起
懸在山的深淵裡

在那裡我只等待愛情
我放輕鬆坐等

我試圖
耗盡秋天或夢想光
只為說一句話

為了煩惱的花瓶
For the Vase of Worry

用你的杯子
男人呀
喝她煩惱的
紅酒

喝到醉
盡乾
不掉一滴
在孤獨中寫的
詩歌裡

你這方式
不是一個男人。

為了煩惱的杯子
For the Glass of Worry

男人呀，
舉杯喝酒
她煩惱的
紅酒

喝乾
完結
不要留下
在孤獨中寫的
詩歌
點滴

既不這樣也不醉
你不是人

裸體
Nude

我不對任何人改變
語言

但今天對你我會改變
一小時
二小時
三小時
直到觸及語詞結尾
我會說出一切
以裸體方式
就像初吻

你冷靜看透我的眼睛
裸體
我對你永遠不會改變任何事。

雷笛雅・杜汐
Ledia Dushi

雷笛雅・杜汐（Ledia Dushi），1978年出生於阿爾巴尼亞北方斯庫台（Shkodra）市。阿爾巴尼亞語言文學系畢業，繼續完成民族學民俗碩士和博士學位。曾擔任記者兼市政府官員，負責斯庫台市政廳的文化事務。然後，在貝爾格萊德大學擔任阿爾巴尼亞語言文學講師，繼而在地拉那（Tirana）歐洲大學擔任講師，也從事英文、義大利文和西班牙文翻譯。譯過Gabriele D'Annunzio、Cesare Pavese、Dylan Thomas、Jorge Luis Borges、Umberto Eco、Andrea Camilleri、Carlos Ruiz Zafon、Jane Austen、Hilary Mantel等人作品。其著名詩篇主要用斯庫台方言所寫。已經出版詩集有《聖母馬利亞開始掉淚》（Ave Maria bahet lot，地拉那，1997年）、《冬季學期》（Seancëdimnash，斯庫台，1999年）、《如果鳥回來我可以睡著》（Me mujt me fjet me kthimin e shpendve，地拉那，2009年），另出版義大利文譯本《雨天》（Tempo di pioggia，普里什蒂納，2000年）。詩被譯成德文、波蘭文、法文、馬其頓文、希臘文和塞爾維亞文。

雨在黑暗中
Rain in the Dark

累極了
我內在的生命
每晚感測
太陽穴下方脈搏，
粗糠
打到
我眼白部分。
我失去
語言能力
思念你……
我唇間是
昨天的霉味空氣，
春天的
男性臉孔……
描在牆上的
淚
自縊
了結……

黃昏突擊
炸烤我心靈，
唯一屠宰的肉
不宜吃。

監獄
Prison

晚上看不見
羔羊和綿羊……
男人
獨自哭泣，
心靈裡
計算
薄暮時
淹沒的田園……
我習慣於
不在場……
懸蕩的事物，
變得隱約……
監獄
不止是
上鎖而已。

尼姑
Nun

鷹首先在有
迷人光線的夜裡
出現……
於恐懼中……
我作夢的聲音
氾濫
於耳朵，
血液
流過
我手指……
忘掉……
我頭部
是孤獨者的
庇護所……
我要活過
冬天
永遠持續，
在腦裡

有公雞啼聲，
在心靈中
有家禽死亡。

秋天的花
Autumn Flower

我要死
在這
秋天的花下，
囚在
一杯水裡⋯⋯
冬天
我眼中
出現彗星，
冷杉在我髮叢內⋯⋯
我們已受到
月亮灰燼傷害，
在生命當中
赤足之愛。
昨夜死掉的人
看不見
箭射過來了。

我的自由
My Freedom

造物在牆上
變白了，
在與你影子的
輪廓
戀愛中。
於月亮下方……
我聽到聲音
出現在
我的眼前。
燈簇……
我想念
無聲
音樂的
和弦。
滯礙
於我夢途，
上手銬。
我的自由

居留在山裡，
最老的
有毒植物。

以上譯自Robert Elsie英譯本

雅麗莎·魏拉吉
Alisa Velaj

雅麗莎·魏拉吉（Alisa Velaj），1982年出生於阿爾巴尼亞南部港都發羅拉（Vlora），2014年6月入圍英國雜草新聞社（Erbacce-Press）年度國際詩獎。作品發表在70多種紙本和網路國際雜誌，包括澳大利亞《Four W twentyfive選集》，美國《達拉斯評論》，和英國《日報》（The Journal）、《鳴禽翼》（Linnet's Wing）、《第七採石場》（The Seventh Quarry）、《使節》（Envoi）雜誌等。詩被譯成希伯來文、瑞典文、羅馬尼亞文、法文和葡萄牙文。詩集《絲毫無汗》（Ukë Zenel Bupapaj翻譯）將於2019年由美國Cervena Barva出版社出版。

故事
A Tale

曾經，向日葵成長
遠離你，
臉總是轉向
神。

在陰暗夜晚
蟋蟀唱悲傷頌，
我對喜愛百合和雛菊的你
談這些光明神殿的故事，
燃燒同樣熱烈火焰。

我告訴你，
我的愛情前來波動家園，
甚至遭遇到奇怪死亡……

善良
Kindness
給兄弟*Egon*

鳥類血液裡天性自由
只需要看見一小片天空

兄弟，你是我們辛勞努力才能重生的鳳凰
我們只有一次在藍色月光下成為你的天空

走向真理的旅程
很長，很長
所以思考必須承受
忍耐
　　深度
　　　　和平

以鷹眼
在光明下覓食
以利劍
始終指向自己……

肇始
Inception

我的祖先——
海豚——設想
通過結冰大地
和火熱考驗……

划船
通過布滿冰塊的水域，
我自己汗水淋漓
比在火焰近旁更甚……

我的祖先——海豚
在斑斕月光下緩緩游泳……

早已注定
It was predestined that……

早已注定會發生
巴比倫花園建成後
注定會發生
隨風而逝
某天早上在雲雀耳邊
小聲談真理

棕櫚細枝

A Tiny Palm Branch

給家叔*Pelasgus*

在覆蓋你衰竭身體的全部花卉當中
只剩下棕櫚細枝
你的肩膀撐不住所有綠葉
應該有些東西會保留在此九月天的
悲傷空中盤旋
有些東西類似花香和藍色鄉愁
棕櫚細枝必須被遺忘
在房間角落
因為已經不由自己從生命樹中拉出來
好像要告訴我
意思是我愛你非文字所能形容
愛的世俗根源純潔如你
相當脆弱……

譯自UkëBupapaj英譯本

貝爾福久列·闊瑟
Belfjore Qose

貝爾福久列·闊瑟（Belfjore Qose），作家、文學博士和教師，住阿爾巴尼亞地拉那市（Tirana）。目前阿爾巴尼亞文學最有前途的作家之一，詩和短篇小說在許多文學雜誌發表，例如普里什蒂納市的《Jeta e re》，地拉那市的《Fjala評論》、《Kultpoint》。羅馬尼亞文譯詩發表在布加勒斯特的《Heamus Review》。參加過普里什蒂納駐市作家計畫，在許多比賽中獲獎，例如Vushtri詩歌節。即將出版第一本詩的思考集《夜香》（Auras of the Night）。其創作特點是以流暢語言，體現對生命、愛情、死亡、救贖、妄想、希望、神聖、精神等方面令人印象深刻的反省。大部分詩作具有強烈意象，讀其詩宛如看電影或聽音樂。她是一位在思想、寫作和生活上同步的作家，未失幻想、想像、甚至把形上學和精神論述與主題交織的能力。除了藝術方面，她也是阿爾巴尼亞著名文學研究者和評論家，一直是高等教育研究方面的優秀學子，後來進修理學碩士和博士學位。她的博士論文是對阿爾巴尼亞專制獨裁時期最重要異議作家的傑出研究，這位作家以前幾乎沒有被研究和否定過。她有許多研究和學術論文發表在阿爾巴尼亞、科索沃、羅馬尼亞和克羅地亞。

在遺忘絲線上的黑珠子
Black beads on a thread of oblivion

你浪費我們的時間
無語，沉默如霜
你把我們白天付之空無。
我們本來應是童年的愛，
保持浮體的明燈。
比我們喘息間
出現的神還要多
你期望無聲無息，
良心昏睡，
動亂焚燒掉你心裡
盛開的上百朵花卉。

如今我們的歲月甜蜜
是在黎明酣睡
而空洞的夜裡滿是眼睛
從牆上監視。
白天頭痛昏昏沉沉
夜裡被貓的腳韻吵醒

三餐餵養一堆往昔心靈
含淚睫毛的化妝，
和舊窗的魔術鑲邊——
有同樣的能量和慣性。
他們不在乎我們死亡的時刻
我們忘掉我們的白色光環，
我們交叉手指，
符合樹葉與我們傾注於
天空頌詩的交響樂。
嘴唇已錯過甜蜜多久
沒有碰到滿月美景？
宇宙膨脹，萬事不常……
我們只聚集在聲音的以太中
在公開痛苦的肉體中。
你是否看到紅色在午夜把悄悄微笑的
墮落天使傾倒在我們避難所上方？

你把我們歲月一一綴連
成為遺忘絲線上的黑珠子
我們以痛苦之惡魔
在夢林中把鹿群扼殺。
而如今……如今你是黑暗的陰影
我但願能偷偷擁抱每天早晨。
因為光明是由純粹早晨擁抱滋養，
因為花卉是由你的思慕和我的芬芳生長。

光照之前
Before the light breaks

在測量街道從我肌膚到你肌膚的

　　歲月距離中

已抬頭　微微露出初始的

　　光亮

伸手沒帶東西除了深深潛入

　　皮膚下層

空間充滿不確定性

　　帶來的聲氣

現時被過去的深根

　　所困

不穩定的時間與宇宙談論旋轉，

　　承諾和無盡障礙

同樣平凡、滿足如我的呼吸

　　不敢

像熔岩從我的身體容器向你傾注

　　以幼稚女人的

厚顏無恥尋找九位繆斯

　　匆匆一瞥。

潔白百合在水中，絕望
　　溶在聲音裡
上帝炯炯眼神在淹沒我們希望的
　　湖面上反射
光照之前離決策和決定
　　只有五分鐘，
透示新的光線，與我們創造遠離的
　　模型完全相同。
即使你的臉，一切頓時
　　影像褪色
即使是我們血脈相連，儘管
　　豪雨加海上風暴，
和上帝在我們肉體內的輕緩呼吸，
　　完全一樣。

夜晚的光環
Auras of the Night

我們，頭上有黑色光環
為虛榮和不可能而自豪。
我們甚至還沒到最佳時刻
從傷心罪惡感朝向自己。
你邀我在夜裡無星的寒霜中
一起離群隱居。
我長時間自覺地毒死自己，
自無時之時起，孤孤單單。
因為我們親吻過眼神間的悲傷
那是在光天化日下未能遇到……
因為意識的陰影
已深深沉溺在河裡，
而鋪設床單以求整飾
荒蕪的精神領域。
因為我們肺部有毒，
因為我們膽污穢，
等待來自他界的光。
夜靈困在我們喉嚨裡

致使我們嘔吐骯髒穢物。
因為小溪滾滾苦勞
而豪雨降淋
在夜晚的黑色光環上……

午後天使
Afternoon angel

迤邐的聲音化解眼睛疲勞，
幾乎被我掛在鄰居庭院
綠葉中的悲傷親吻到
感覺天空無盡清澈蔚藍

你是無臉無特質的午後天使
老到像對此地球鍍金的所有下午
倦於抱怨天空空無一物
你揮動手臂就能把光遮蔽

有一些遺囑條款要中止
那新摘的花朵在夜裡枯萎
各項生計都有瞬間渴望
我們所沒有和未知的一切

你在黑暗中坐在良心邊緣長大
午後堆積在你清醒的眼中

就像海岸以水沫舒緩
你在土地和海水之間的愛情

你以午後的夢想馳騁
沒有藉不自知的智慧耐心
烤焦你月亮色外衣的角落
並履行你不明的任務

所有好奇心都在吱喳中消失，
傾注入茶杯裡的悲傷
你留在午後角落的符號
沉默天使像花瓶裡的玫瑰

在你髮中滿是閃閃發光的幻石
就像魔法師想像天空的蔚藍
一旦美開始在夜晚氛圍中溶化
你看來活力充沛，和我們一樣受傷

皮膚感覺
Skin sensation

睫毛祕密編織著夢想
磷光閃閃夜晚和炎熱白天
因為白粗布打開就像一床夢
你又是黑暗又是光亮
你又是水又是沙漠
衡量夜裡愛情的時間暫停。

你測試我的日子能夠彎曲的地方
利用未登陸所需土地的步伐
利用說不出的沉重空氣
你又不滿又依賴
你又搖滾又叫囂
交織孤獨纏繞在笑容週圍。

皮膚感覺，不是靈魂或心靈
寂寞終止，訝異於起雞皮疙瘩
痛苦抽搐像懷裡的鋼蝴蝶
你又是老虎又是嬰兒

你又虛榮又永恆
日常之後，我們一眼就看清楚

曼卓拉·布拉哈吉
Manjola Brahaj

曼卓拉·布拉哈吉（Manjola Brahaj），1986年出生於阿爾巴尼亞的特羅波亞市（Tropoja）。畢業於地拉那大學阿爾巴尼亞文學語言系，2010年獲文學批評理論科學碩士。2010年首部詩集《加力騷哀歌》獲得阿爾巴尼亞米傑涅（Migjeni）文學獎。2012年，在科索沃獲拉赫曼·德達吉（Rrahman Dedaj）獎，並獲得網路詩競賽首獎。2014年出版第二部詩集《我們不是來自這裡》，受到評論家和讀者好評。她經常在文學雜誌和報紙上發表作品，包括例如《Mehr Licht》、《Obelisk》、《National》、密歇根州的《Kuvendi》和《Jeta e Re》，在後者發表過一篇薩巴托與博爾赫斯對談文章，從西班牙文翻譯成阿爾巴尼亞文。她經常在阿爾巴尼亞、科索沃和馬其頓文學和科學雜誌，例如《阿爾巴尼亞研究》、《全球挑戰》、《Anglisticum》，發表文章和論文。詩被翻譯成義大利文、法文和德文。

變形
Metamorphosis

我的話死去活來，呼喊高懸的天空
當你激昂的宙斯不會把我倒入杯子內喝掉。

我的嘴唇從晚到早跨越妳皮膚海洋變鹹了
當你酸酸的卡隆*不會用我做為難堪船隻的海圖。

我的手在新月火焰中從雲層燃燒掉到地球
當你任性的奧菲斯不會採取我當成聲音裡的音符。

我的身體腐蝕，從底部融化到最高峰，
當你瘋月的基奧普斯**不會把我當做骨頭帶進墳墓。

我心碎成片片，我的命運全部破滅
作為你的愛，亞當呀，我已別無他求。

* 卡隆（Charon），希臘神話中的渡船夫。
** 基奧普斯（Cheops），是埃及第四王朝的第二位法老。一般認為他修建了古代世界七大奇蹟之一的吉薩金字塔。

距離
Distances

冷而無形
為我們所愛，
避免改變道路，
總有一天會回到家。
感動缺風勢，
保持恐懼鎖在裡面；
對其本身瘋狂，
與其本身戀愛，
為其本身而死，
沒有正義，沒有目標，
沒有光，沒有尖叫，
沒有水，沒有哭泣。
感動不再屬於任何人。

距離是濕透我們骨頭的雨。
距離是燃燒我們靈魂的太陽。
距離是在我們肉體內的地球。

呼吸中吸入多少
呼吸。
聲音發出多少
聲音。
顏色融入多少
顏色。
多少我在你心中
全部無名火。
多少你在我心中
全部掛慮愛。
多少二者在一起
全部時間負荷不分彼此。
需多長時間延伸天際
在我們眼中上下顛倒
留下陌生人。

祈禱吧

To Pray

祈禱吧，儘管到尾聲，
未留一滴淚唱聖歌
冗長豐富足以過一生
仍然無法唱完

是的，祈禱吧，儘管夜已漆黑
你比以往更為黑暗。
為你的黑暗祈禱，
當我已身無一物時，
除了你的眼睛，
總愛生生吃掉我。

祈禱吧，儘管我們不再相信其他，
除了愛。
因為所有話語不會誕生
依然留在我們荒蕪的子宮內。
祈禱吧，以這長歌的聲音
結束祈禱，

而不是歌。
結束黑暗，
而不是愛。
緊閉話語，
而不是呼吸。

海頌
Chant of the Sea

由海的步伐產生頌歌，
從下界破浪前進，
在傍晚微笑間
於千道光芒的前頭飛馳
來來去去，
出生又入死，
在水平線，
在昂揚的胸膛
以你的聲音
和
我的慾望。

更遠些，彼此正在親吻，
情人們不用問
關於你的風暴，你的深藍大海。
他們用身體書寫著愛情宗教
閉著眼睛，
他們從你的音樂起跑

背後用你作背景，
像一幅夢幻畫。

而石頭在風的魔力中顫抖，
在波浪碰觸下熔化，
在此，我渴望你回家。

給樹
To the Tree

我曾經多次願成為一棵樹，
像你一樣
在死亡中重生。

你過眼已數千季節，
數千手指撫摸你的臉和身體，
但你知道說：
關於顏色的激情，
關於雨的兇猛，
關於冬天凍僵的故事。
但你還在那裡，
每當我再度觸摸你
我願成為你，
與你合一，
一起活在春天的慾望裡。

語言文學類　PG2059　名流詩叢30

阿爾巴尼亞詩選
Anthology of Albanian Poetry

編　　著 / 塞普・艾默拉甫（Shaip Emërllahu）
譯　　者 / 李魁賢（Lee Kuei-shien）
責任編輯 / 林昕平
圖文排版 / 周妤靜
封面設計 / 葉力安

發 行 人 / 宋政坤
法律顧問 / 毛國樑　律師
出版發行 / 秀威資訊科技股份有限公司
114台北市內湖區瑞光路76巷65號1樓
電話：+886-2-2796-3638　傳真：+886-2-2796-1377
http://www.showwe.com.tw
劃撥帳號 / 19563868　戶名：秀威資訊科技股份有限公司
讀者服務信箱：service@showwe.com.tw
展售門市 / 國家書店（松江門市）
104台北市中山區松江路209號1樓
電話：+886-2-2518-0207　傳真：+886-2-2518-0778
網路訂購 / 秀威網路書店：https://store.showwe.tw
國家網路書店：https://www.govbooks.com.tw

2018年6月　BOD一版
定價：260元

國家圖書館出版品預行編目

阿爾巴尼亞詩選 / 塞普.艾默拉甫(Shaip Emërllahu)編著 ; 李魁賢(Lee Kuei-shien)譯. -- 一版. -- 臺北市 : 秀威資訊科技, 2018.06
面； 公分. -- (語言文學類)(名流詩叢 ; 30)
BOD版
譯自 : Anthology of Albanian poetry
ISBN 978-986-326-563-4(平裝)

883.451 107007770

讀者回函卡

感謝您購買本書，為提升服務品質，請填妥以下資料，將讀者回函卡直接寄回或傳真本公司，收到您的寶貴意見後，我們會收藏記錄及檢討，謝謝！
如您需要了解本公司最新出版書目、購書優惠或企劃活動，歡迎您上網查詢或下載相關資料：http:// www.showwe.com.tw

您購買的書名：______________________________

出生日期：________年________月________日

學歷：□高中（含）以下　□大專　□研究所（含）以上

職業：□製造業　□金融業　□資訊業　□軍警　□傳播業　□自由業
□服務業　□公務員　□教職　□學生　□家管　□其它____

購書地點：□網路書店　□實體書店　□書展　□郵購　□贈閱　□其他

您從何得知本書的消息？

□網路書店　□實體書店　□網路搜尋　□電子報　□書訊　□雜誌
□傳播媒體　□親友推薦　□網站推薦　□部落格　□其他__________

您對本書的評價：（請填代號　1.非常滿意　2.滿意　3.尚可　4.再改進）

封面設計____　版面編排____　內容____　文／譯筆____　價格____

讀完書後您覺得：

□很有收穫　□有收穫　□收穫不多　□沒收穫

對我們的建議：______________________________

____

____

____

請貼
郵票

11466
台北市內湖區瑞光路 76 巷 65 號 1 樓
秀威資訊科技股份有限公司 收
BOD 數位出版事業部

……………………………………………………………………

（請沿線對折寄回，謝謝！）

姓　名：＿＿＿＿＿＿＿＿＿　年齡：＿＿＿＿　性別：□女　□男

郵遞區號：□□□□□

地　址：＿＿＿＿＿＿＿＿＿＿＿＿＿＿＿＿＿＿＿＿＿＿

聯絡電話：(日) ＿＿＿＿＿＿＿＿＿＿ (夜) ＿＿＿＿＿＿＿＿＿＿

E-mail：＿＿＿＿＿＿＿＿＿＿＿＿＿＿＿＿＿＿＿＿＿＿